AF381006

Analyse de l'œuvre

Par Maria Puerto Gomez
et Margaux Ollivier

Atala

de François-René de Chateaubriand

Rendez-vous sur lepetitlitteraire.fr et découvrez :

Plus de 1200 analyses
Claires et synthétiques
Téléchargeables en 30 secondes
À imprimer chez soi

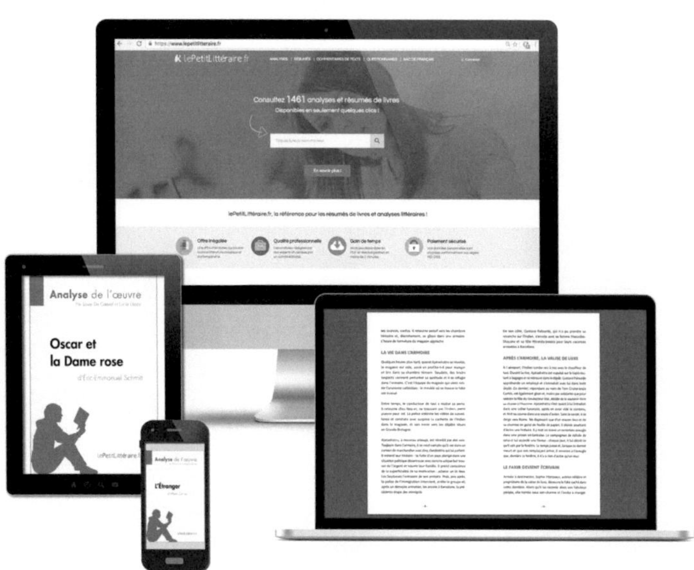

FRANÇOIS RENÉ DE CHATEAUBRIAND

ÉCRIVAIN ET HOMME POLITIQUE FRANÇAIS

- **Né en 1768 à Saint-Malo (Bretagne)**
- **Décédé en 1848 à Paris**
- **Quelques-unes de ses œuvres :**
  - *Génie du christianisme* (1802), essai apologétique
  - *René* (1802), roman
  - *Mémoires d'outre-tombe* (1848-1850), récit autobiographique

François René, vicomte de Chateaubriand, est l'un des précurseurs du mouvement romantique en France. Son gout pour l'exotisme et ses nombreux voyages, notamment en Amérique et en Orient, la richesse de ses descriptions de la nature et son habileté à exprimer les tourments de l'âme humaine l'ont érigé en modèle pour de nombreux auteurs et en « premier grand poète d'une "civilisation primitive" » (quatrième de couverture de l'ouvrage DE CHATEAUBRIAND F. R., *Atala – René*, Paris, Flammarion, coll. « GF », 1992).

Parmi ses œuvres les plus connues, outre *Atala*, *Génie du christianisme*, *René* et *Mémoires d'outre-tombe*, figurent *Les Martyrs* (1809) et *Les Natchez* (1826). Non seulement élu à l'Académie française en 1811, Chateaubriand fut aussi ambassadeur, ministre et pair de France en 1815. Il endossa également diverses responsabilités ministérielles sous plusieurs gouvernements, n'hésitant pas à exprimer ses désaccords politiques ainsi qu'à dénoncer le despotisme (régime politique dans lequel un seul individu gouverne de manière autoritaire et arbitraire) de l'empereur Napoléon Ier (1769-1821). Cela lui valut quelques ennuis qui le contraignirent à s'éloigner de Paris.

ATALA

L'ÉLOGE ROMANTIQUE DU CHRISTIANISME

- **Genre** : roman
- **Édition de référence** : *Atala, René, Les Aventures du dernier Abencérage*, Paris, Flammarion, coll. « GF », 1996, 308 p.
- **1ʳᵉ édition** : 1801
- **Thématiques** : romantisme, Amérique, amour, exotisme, religion, christianisme, nature

C'est au cours de son voyage en Amérique, effectué entre 1791 et 1800, que Chateaubriand écrit la première version d'*Atala*, conçue comme un simple épisode des *Natchez*. Remaniée ensuite pour correspondre à l'intention du *Génie du christianisme*, l'œuvre, qui remporte un franc succès, est considérée par son auteur comme une forme de poème à la fois descriptif et dramatique.

En effet, les descriptions des paysages exotiques de la Louisiane (État du Sud des États-Unis) et des coutumes des Indiens alternent avec les épisodes tourmentés et la fin dramatique de la passion d'Atala et de Chactas, les deux protagonistes principaux. Chateaubriand fait, entre autres, l'apologie de la religion chrétienne au sein de ce roman.

RÉSUMÉ

PROLOGUE

Le Mississippi, cet immense et puissant fleuve autrefois appelé Meschacebé, traversait la Louisiane, un vaste territoire du continent nord-américain aux mains des Français jusqu'en 1763. Près de son embouchure, ses deux rives offraient un saisissant contraste : d'un côté, le silence des savanes infinies, parcourues par d'imposants troupeaux de buffles et de bisons ; de l'autre, de luxuriantes forêts, foisonnantes de vie, peuplées de caribous, d'écureuils et d'une multitude d'oiseaux multicolores.

Les premiers Français qui s'y établirent au début du XVIIIe siècle s'allièrent dans un premier temps avec les Natchez, l'une des nations indiennes de la région, avant de finalement se retourner contre eux et de leur faire la guerre.

Malgré un passé douloureux, Chactas, le patriarche de la tribu des Natchez, voue une certaine admiration aux Français : il a en effet été amené injustement en France, où il a recouvré sa liberté pour ensuite être présenté à Louis XIV (roi de France, 1638-1715) et connaitre les fastes de la société française de l'époque. C'est pourquoi lorsque l'un d'eux, prénommé René, dit vouloir devenir un guerrier Natchez, Chactas le prend sous son aile et lui offre en mariage une Indienne prénommée Céluta. Une nuit, René demande à Chactas de lui raconter sa vie, et c'est ainsi que Chactas débute son histoire. Il dit à son auditeur :

> « Je vois en toi l'homme civilisé qui s'est fait sauvage ; tu vois en moi l'homme sauvage, que le grand Esprit (j'ignore pour quel dessein) a voulu civiliser. Entrés l'un et l'autre dans la carrière de la vie, par les deux bouts opposés, tu es venu te reposer à ma place, et j'ai été m'asseoir à la tienne : ainsi nous avons dû avoir des objets une vue totalement différente. » (p. 73)

LE RÉCIT

Les chasseurs

Chactas avait 17 ans lorsque son père fut tué au cours d'une bataille avec les Espagnols contre la tribu des Muscogulges. Lui-même blessé, il fut transporté à Saint-Augustin (Québec) où un

Espagnol dénommé Lopez l'accueillit chaleureusement et tenta vainement de le convertir au christianisme. Bien que reconnaissant, Chactas décida de retourner à sa vie d'Indien, car la nature lui manquait cruellement. Malheureusement, les Muscogulges et leurs alliés siminoles le firent bien vite prisonnier.

Sur le chemin d'Apalachucla, où il devait être sacrifié, Chactas tomba amoureux d'une femme mystérieuse, dotée d'un crucifix, qui lui rendait secrètement visite toutes les nuits : c'était Atala, la fille du chef siminole. Une nuit, cette dernière libéra Chactas, mais celui-ci refusa de s'enfuir sans elle. Ils errèrent alors tous les deux. Atala était en proie à une lutte intérieure entre sa passion naissante pour le jeune homme et sa foi chrétienne de prime abord inébranlable.

Rattrapé par des guerriers siminoles, Chactas fut condamné au bucher par les sages de la tribu, mais à la faveur de la nuit, Atala réussit à nouveau à le libérer. Ils vécurent alors un temps dans la nature sans qu'Atala ne s'offre pour autant à Chactas, un lourd secret l'en empêchant.

Durant un terrible orage, Atala révéla à Chactas

qu'un certain Lopez était son véritable père, ce même Lopez qui avait été influent dans la vie de Chactas. Forts de ce nouveau lien et sans qu'Atala n'ait fait le rapprochement jusqu'alors, les deux amoureux se sentent d'autant plus proches l'un de l'autre. Atala était sur le point de succomber au bonheur, voire à la tentation du premier baiser, lorsqu'ils entendirent une cloche sonner.

Un ermite, le père Aubry, n'avait pas hésité à braver la tempête, en charitable et bon chrétien, accompagné de son chien, pour leur venir en aide. Il voulut les conduire jusqu'à sa grotte pour les mettre à l'abri de l'orage.

Les laboureurs

Après avoir traversé la forêt et avoir gravi pendant près d'une demi-heure le revers d'une montagne, ils arrivèrent à la grotte du vieil ermite et purent reprendre des forces tout en lui racontant leurs tribulations.

Le père Aubry proposa d'instruire Chactas dans le respect de la religion chrétienne avant de les marier. Il leur apprit qu'il faisait son possible pour aider les Indiens depuis 30 ans, bien qu'une mésaventure avec eux lui ait valu d'avoir les mains mutilées.

Le lendemain, laissant Atala se reposer, Chactas et le père Aubry se rendirent à la Mission que ce dernier avait fondée pour les Indiens. Chactas en découvrit alors le bon fonctionnement et put apprécier le respect que les Indiens manifestaient à l'égard du père Aubry.

Séduit par cette vie stable et bien remplie, supérieure à la vie sauvage que lui-même occupait, et cela grâce à cette religion chrétienne, il s'imagina un instant couler des jours heureux dans ce village avec Atala : « Les paroles du Solitaire me ravirent, et je sentis la supériorité de cette vie stable et occupée, sur la vie errante et oisive du Sauvage. » (p. 109)

Chactas, interrompant son récit, prend René à partie pour mettre en exergue le fait qu'à cet instant précis de sa vie il aurait pu, auprès d'Atala en tant qu'épouse, toucher au but, à savoir être heureux : « Ah ! René, je ne murmure point contre la Providence, mais j'avoue que je ne me rappelle jamais cette société évangélique sans éprouver l'amertume des regrets. Qu'une hutte, avec Atala sur ces bords, eût rendu ma vie heureuse ! » (*ibid.*)

Le drame

De retour à la grotte, ils trouvèrent Atala étendue dans les ténèbres, fiévreuse et mourante. Elle leur révéla alors son secret : sur son lit de mort, sa mère lui avait fait promettre de rester vierge pour remercier Dieu de l'avoir épargnée à sa naissance, cette dernière s'étant mal déroulée.

Après avoir apaisé la colère qu'une telle promesse avait réveillée chez Chactas – celui-ci la jugeant contre nature –, le père Aubry leur apprit qu'un évêque était en mesure de libérer Atala de ses vœux, une fois rétablie. Atala en fut bouleversée, car elle avait commis l'irréparable : afin de ne pas trahir sa parole, se sentant faiblir aux côtés de Chactas et voyant sa passion pour ce dernier toujours plus forte, elle s'était empoisonnée.

Le désespoir de Chactas fut immense et le père Aubry fit son possible pour accompagner au mieux Atala dans la mort, lui assurant que Dieu lui pardonnerait son acte et qu'elle n'avait à regretter ni ce monde, qui n'était que souffrance, ni l'amour humain, inconstant et illusoire, qui finissait toujours par s'éteindre. Le père Aubry l'assista dans les derniers instants de son existence en tentant de la « rassurer » sur le fait que l'amour est une chose bien instable. Avant de mourir, Atala donna son crucifix à Chactas et lui fit promettre de se convertir au christianisme afin qu'ils se retrouvent dans l'au-delà.

Les funérailles

Torturé par le deuil et très affecté par la mort de sa bienaimée, Chactas se laissa cependant peu à peu apaiser par les mots et les gestes amicaux du vieil homme.

Il fut notamment touché par une phrase de ce dernier : « "Mon fils, c'est la volonté de Dieu", et il me pressait dans ses bras. Je n'aurais jamais cru qu'il y eût tant de consolation dans ce peu de mots du chrétien résigné, si je ne l'avais éprouvé moi-même. » (p. 127)

Ensemble, ils convinrent du meilleur endroit où ensevelir le corps d'Atala. Puis, le père Aubry dissuada Chactas de rester à ses côtés, l'incitant plutôt à retourner vers sa patrie pour retrouver les siens.

Le jour suivant, Chactas quitta donc le vieux père Aubry, se recueillit sur la tombe d'Atala jusqu'au lendemain, et se mit ensuite en route.

ÉPILOGUE

Le narrateur, qui dit tenir cette histoire d'un Indien siminole, en souligne les enseignements et vante les vertus du christianisme. Puis, il relate comment, alors qu'il se rendait aux chutes du Niagara, il rencontra la fille de Céluta (la petite fille de René), pleurant la mort de son nourrisson. La fille de Céluta lui raconta que des Chéroquois, hostiles aux Français, avaient envahi la Mission du père Aubry, que celui-ci était mort sur le bucher en priant pour le salut de l'âme de ses bourreaux, et que Chactas était alors retourné sur les ruines de la Mission pour rapporter les ossements du vieillard et ceux d'Atala. La fille de Céluta lui apprit aussi que Chactas et René, par la suite, avaient péri dans les combats contre les Français.

Expulsés par les Européens des terres où ils

s'étaient réfugiés, les Natchez, dont la fille de Céluta fait partie, continuent leur errance dans le continent avec les reliques de leurs aïeux.

ÉTUDE DES PERSONNAGES

Selon Chateaubriand, *Atala* ne présente que trois personnages : les trois protagonistes du roman sont Atala, Chactas et le père Aubry. Le personnage de René, quant à lui, n'est qu'un moyen pour faire parler Chactas : il ne sert en effet que d'oreille attentive au récit de son ami, dont il est d'une certaine manière le reflet inversé, puisqu'il est l'Européen devenu sauvage.

CHACTAS

Chactas est le personnage clé du roman : il se positionne en tant que narrateur du récit suite à la demande de René, qui souhaite connaitre son histoire. Patriarche désormais aveugle de la tribu des Natchez, Chactas a eu une vie aventureuse en France.

Revenu ensuite sur ses terres, parmi les siens, il adopte René, un Français souhaitant appartenir au peuple sauvage des Natchez. Chactas lui relate sa vie : le jour où, à 17 ans, il perdit son père au combat, l'accueil chaleureux que lui réserva Lopez, sa décision de retourner à la vie sauvage, et la brève et funeste passion amoureuse qu'il vécut avec Atala, qui l'affectera encore des années plus tard.

Chactas représente la personnalité sauvage qui a néanmoins été fortement civilisée. Tout au long du récit, le lecteur assiste à sa lente évolution, depuis son refus de se convertir, malgré un attachement et une gratitude profonde envers Lopez, jusqu'à l'annonce de son baptême, peu avant de mourir. Entretemps, il a l'occasion d'admirer les bienfaits de la religion chrétienne dans le cœur des hommes et s'en émerveille :

- la foi permet à Atala de dominer son désir envers Chactas ;
- elle se manifeste dans l'altruisme et le courage du père Aubry ;
- elle gouverne également le petit paradis qu'est la Mission fondée par le père Aubry.

Lorsqu'Atala agonise, Chactas accepte l'idée de se convertir, même s'il ne le fera que très tardivement dans sa vie et uniquement dans le but de rejoindre sa bienaimée. En effet, il reste fidèle aux siens jusqu'au bout et meurt en luttant contre les Français, tout comme René.

ATALA

Atala est une jeune Indienne chrétienne. Elle est la fille adoptive de Simaghan, chef siminole, mais la fille naturelle de Lopez, un Espagnol qui a accueilli chez lui Chactas bien des années plus tard et qui a eu un rôle majeur dans sa construction personnelle. Elle tombe amoureuse de Chactas lorsque celui-ci est fait prisonnier par les Siminoles, mais elle est en proie à des sentiments contradictoires : sa passion pour Chactas et sa volonté de respecter la promesse de rester vierge, faite à sa mère. Consciente qu'elle est sur le point de succomber au désir charnel, elle prend l'initiative de s'empoisonner et apprend, désormais impuissante et affaiblie par le poison, qu'elle aurait pu rompre ses vœux de chasteté auprès d'un évêque.

Ce personnage, qui reste égal à lui-même tout au long de l'œuvre, met ainsi en lumière les dangers de l'ignorance en ce qui concerne la religion, puisque son suicide découle d'un manque d'information dont la conséquence est irrévocable. Atala représente aussi les contrariétés du cœur humain, ce qui la rapproche des grandes héroïnes antiques telles que Médée ou Phèdre qui, comme elle, sont déchirées entre leurs passions et leur sens moral, se trouvant alors dans l'impossibilité de vivre leur amour et se laissant submerger par des forces qui les dépassent. Médée tue en effet ses propres enfants après que Jason, celui qu'elle aime, l'a abandonnée, tandis que Phèdre se suicide en apprenant qu'Hippolyte, son beau-fils dont elle est amoureuse, est exécuté à cause d'elle.

LE PÈRE AUBRY

Vivant depuis une trentaine d'années au sein d'une grotte, près de la Mission au sein de laquelle il a appris aux Indiens à vivre de façon sédentaire dans le respect des valeurs chrétiennes, ce vieil ermite missionnaire, garni d'une longue barbe, fait preuve de sagesse, d'intelligence et d'une grande force spirituelle. En « simple chrétien » (p. 99) accompagné de son chien et de son bréviaire suspendu à son cou, il arpente le désert et incarne à lui seul les vertus de la religion, en particulier le courage, l'humilité, la tolérance, l'amour de son prochain, la compassion et le pardon :

- les jours d'orage, il n'hésite pas à mettre sa vie en péril pour en sauver d'autres

  > « "Vieillard, m'écriai-je enfin, quel cœur as-tu donc, toi qui n'a pas craint d'être frappé de la foudre ?" "Craindre ! repartit le père avec une sorte de chaleur ; craindre, lorsqu'il y a des hommes en péril, et que je leur puis être utile ! je serais donc un bien indigne serviteur de Jésus-Christ !" » (*ibid.*) ;

- après avoir eu les mains mutilées par des Indiens, sa foi reste intacte et, dépourvu de toute rancune, il retourne en Amérique pour poursuivre sa mission et son labeur ;
- il n'est pas partisan d'une évangélisation violente, comme en témoigne le cimetière de la Mission qui mêle rites indiens et croix chrétiennes ;
- il meurt en martyr sur le bucher, au nom d'un idéal, et il fait preuve d'une telle sérénité et d'une telle bonté que plusieurs Chéroquois se convertiront au christianisme grâce à lui.

Son calme habituel est pourtant une fois pris à défaut : une violente colère l'embrase lorsque l'impétueux et ignorant Chactas renie la religion chrétienne, responsable selon lui du malheur d'Atala et par conséquent du sien.

CLÉS DE LECTURE

ROMANTISME : LE « VAGUE DES PASSIONS » ET LE « MAL DU SIÈCLE »

La fin du XVIIIe siècle et le début du XIXe siècle furent marqués par une série d'agitations politiques : la Révolution (1789-1799) ; l'Empire qui s'étend de 1804 à 1814 et qui avorte les rêves de république ; puis la chute de Napoléon en 1815. Après cette période troublée, les intellectuels cherchent à s'éloigner du rationalisme et du monde réel, et s'orientent vers le sentimentalisme (qui pourrait se définir par une sensibilité exacerbée et que l'on pourrait rapprocher du registre lyrique).

C'est dans ce contexte que nait le romantisme, qui connait son apogée en France entre 1820 (année de publication des *Méditations poétiques* de Lamartine [poète et homme politique français, 1790-1869]) et 1848. Ce mouvement à la fois littéraire et artistique prône la liberté (des formes, des sujets et des genres) et se caractérise, entre autres, par le jeu des contrastes, ainsi que par une mise en avant des sentiments et une recherche de l'émotion vraie, bien souvent mélancolique.

Le romantisme nourrit en effet une immense déception face à l'immobilisme social, à la rigidité et aux contraintes propres au courant du classicisme. Cette apathie sera appelée « le mal du siècle ». Ce mal-être provoque un « vague des passions », un cœur désabusé qui, même s'il est habité par des désirs, n'a guère de but ni d'illusions.

Caractéristiques thématiques

Atala possède les caractéristiques de ce romantisme naissant qui se développera davantage par la suite en France :

- la difficulté pour l'individu à s'inscrire et à vivre dans ce monde, comme c'est le cas d'Atala et de Chactas, tous deux étant métis, car mi-sauvages, mi-civilisés ;
- la dualité, qui s'exprime à de nombreuses reprises au sein de l'œuvre (désert/forêt luxuriante, vie/mort, chrétien/païen, homme sauvage/ homme civilisé, liberté/captivité, etc.) ;

- l'exotisme, lié au fait que l'histoire se déroule en Amérique, mais qui renvoie également au fait que le personnage de René exprime le souhait d'un « ailleurs » ;
- l'amour passionné et malheureux, se soldant par un échec, favorisant l'expression des sentiments ;
- le gout pour la solitude, dans laquelle sont baignés Chactas et Atala lors de leur périple ;
- le mystère et la spiritualité, qui transparaissent à travers le contexte mystique dans lequel évoluent les deux protagonistes, face à des forces qui les dépassent ;
- l'omniprésence de la nature et la petitesse de l'homme face à cette dernière (« Le sol spongieux tremblait autour de nous, et à chaque instant nous étions près d'être engloutis dans des fondrières. Des insectes sans nombre, d'énormes chauves-souris nous aveuglaient […]. », DE CHATEAUBRIAND F. R., *Atala – René*, Paris, Flammarion, coll. « GF », 1992, p. 96).

Caractéristiques narratives

Atala présente également des caractéristiques narratives qui appartiennent au courant littéraire du romantisme. En effet, Chateaubriand use du registre lyrique dans son roman, le lyrisme renvoyant à l'expression exaltée des sentiments et des passions. Chactas explique ainsi :

> « Qu'ils sont incompréhensibles les mortels agités par les passions ! [...] dans un instant le regard d'une femme avait changé mes goûts, mes résolutions, mes pensées ! Oubliant mon pays, ma mère, ma cabane et la mort affreuse qui m'attendait, j'étais devenu indifférent à tout ce qui n'était pas Atala ! » (*ibid.*, p. 80)

L'évolution du mouvement romantique ne cessera de favoriser cette expression des sentiments personnels, cette expression du « moi », dont Chateaubriand est l'un des précurseurs. C'est en effet à travers Chactas, qui raconte son propre vécu, que cette caractéristique transparait. En tant que narrateur (à la première personne) de son propre récit, celui-ci expose l'ensemble de ses ressentis. Si son histoire avait été contée par un narrateur externe, le point de vue sur son vécu aurait alors été plus distant, et l'exaltation des sentiments moins flagrante.

Le personnage de René, destinataire des propos de Chactas, n'est finalement qu'un prétexte au développement des sentiments de celui-ci. Tout comme René, le lecteur est le témoin direct des ressentis les plus vifs de Chactas :

> « Je crus que c'était la Vierge des dernières amours, cette vierge qu'on envoie au prisonnier de guerre, pour enchanter sa tombe. Dans cette persuasion, je lui dis en balbutiant, et avec un trouble qui pourtant ne venait pas de la crainte du bûcher : "Vierge, vous êtes digne des premières amours" [...] » (*ibid.*, p. 76)

LITTÉRATURE DE VOYAGE : NATURE SAUVAGE ET CULTURE

L'une des conséquences du mal du siècle qui accable les romantiques est l'envie de fuir pour découvrir un ailleurs encore incertain et méconnu. L'exotisme alimentait déjà les nombreux récits de voyage et les traités de sciences naturelles des auteurs du XVIIIe siècle : Montesquieu (écrivain français, 1689-1755) et ses *Lettres Persanes* (1721), Bougainville (explorateur et écrivain français, 1729-1811) et son *Voyage autour du monde* (1771) ou encore James Cook (navigateur britannique, 1728-1779) et ses *Relations de voyages autour du monde* (1768-1779).

Cet exotisme occupe dès lors une place grandissante et prépondérante dans la littérature romantique puisqu'elle permet de voyager, et donc de s'évader, en découvrant le monde et ses civilisations au travers des mots, et cela sans sortir de chez soi.

Dans *Atala*, Chateaubriand décrit avec précision la géographie des territoires français en Amérique, les paysages, au travers de la faune et de la flore, faisant passer à la postérité des lieux, des traditions, des évènements qui seraient tombés dans l'oubli (la disparition du peuple indien Natchez par exemple). Ainsi, l'auteur explique :

> « La France possédait autrefois, dans l'Amérique septentrionale, un vaste empire qui s'étendait depuis le Labrador jusqu'aux Florides, et depuis les rivages de l'Atlantique jusqu'aux lacs les plus reculés du haut Canada. Quatre grands fleuves, ayant leurs sources dans les mêmes montagnes, divisaient ces régions immenses : le fleuve Saint-Laurent qui se perd à l'est dans le golfe de son nom, la rivière de l'Ouest qui porte ses eaux à des mers inconnues, le fleuve Bourbon qui se précipite du midi au nord dans la baie d'Hudson, et le Meschacebé qui tombe du nord au midi, dans le golfe du Mexique. » (*ibid.*, p. 67)

Mais la nature dans *Atala* n'est pas un simple ornement qui sert à la prose poétique de Chateaubriand.

Elle organise également le récit d'une manière ou d'une autre :

- soit en faisant écho aux sentiments des personnages. En effet, nous pouvons interpréter l'orage qui s'intensifie comme la montée du désir des deux amants et le mettre en parallèle avec la fin de leur errance (« Déjà j'avais bu toute la magie de l'amour sur [les] lèvres [d'Atala]. Les yeux levés vers le ciel, à la lueur des éclairs, je tenais mon épouse dans mes bras, en présence de l'Éternel », DE CHATEAUBRIAND F. R., *Atala – René*, Paris, Flammarion, coll. « GF », 1992, p. 98) ;
- soit en soulignant à maintes reprises la dualité et les contradictions des protagonistes. En effet, Atala et Chactas ont des modes de pensées qui diffèrent. Chateaubriand met en évidence cette opposition dans la description même qu'il fait de la nature (« Quelquefois nous versions des pleurs ; quelquefois nous essayions de sourire. Un regard, tantôt levé vers le ciel, tantôt attaché à la terre, une oreille

attentive au chant de l'oiseau, un geste vers le soleil couchant [...] », *ibid.*, p. 80)

Dans la partie intitulée « Les chasseurs », Chateaubriand tente de dépeindre les bons et mauvais côtés des mœurs des Sauvages à travers le regard de Chactas. En effet, ce dernier observe et commente :

> « Ces mêmes Indiens dont les coutumes sont si touchantes ; ces mêmes femmes qui m'avaient témoigné un intérêt si tendre, demandaient maintenant mon supplice à grands cris ; et des nations entières retardaient leur départ pour avoir le plaisir de voir un jeune homme souffrir des tourments épouvantables. » (*ibid.*, p. 87)

Dans la partie intitulée « Les laboureurs », l'auteur démontre « les avantages de la vie sociale sur la vie sauvage » (*ibid.*, p. 109), ou en d'autres termes, les avantages de la culture sur la nature :

> « Quand j'arrivai dans ces lieux, je n'y trouvai que des familles vagabondes, dont les mœurs étaient féroces et la vie fort misérable. Je leur ai fait apprendre la parole de paix [...] J'ai tâché, en leur enseignant les voies du salut, de leur apprendre les premiers arts de la vie, mais sans les porter trop loin, et en retenant ces honnêtes

> gens dans cette simplicité qui fait le bonheur. »
> (*ibid.*, p. 103)

Il illustre les bienfaits de l'évangélisation dans la Mission du père Aubry, où règne « le mélange le plus touchant de la vie sociale et de la vie de la nature » : « Au coin d'une cyprière de l'antique désert, on découvrait une culture naissante, les épis roulaient à flots d'or sur le tronc du chêne abattu, et la gerbe d'un été remplaçait l'arbre de trois siècles. » (*ibid.*, p. 107)

ÉLOGE
DE LA RELIGION CHRÉTIENNE

Dans l'ouvrage *Génie du christianisme*, la seconde partie intitulée « Poétique du christianisme » se subdivise en trois groupes (poésie, beaux-arts, littérature) et se termine par un quatrième intitulé « Harmonies de la religion, avec les scènes de la nature et les passions du cœur humain ». Dans celui-ci, Chateaubriand écrit à propos d'*Atala* :

> « Cette partie est terminée par une anecdote extraite de mes voyages en Amérique, et écrite sous les huttes mêmes des Sauvages. Elle est intitulée *Atala*, etc. Quelques épreuves de cette

petite histoire s'étant trouvées égarées, pour prévenir un accident qui me causerait un tort infini, je me vois obligé de la publier à part, avant mon grand ouvrage. » (*ibid.*, p. 31)

Voué à être intégré au *Génie du christianisme*, récit apologétique de la religion chrétienne, le texte *Atala* répond donc bien lui aussi à un souhait de défense du christianisme. Ce qu'exprime Chateaubriand dans l'extrait suivant est la formulation théorique exacte de ce qui est démontré dans *Atala* :

> « La religion embellit notre existence, corrige les passions sans les éteindre, jette un intérêt singulier sur tous les sujets où elle est employée, [...] sa doctrine et son culte se mêlent merveilleusement aux émotions du cœur et aux scènes de la nature ; [...] elle est enfin la seule ressource dans les grands malheurs de la vie [...] » (DE CHATEAUBRIAND F. R., *Génie du christianisme*, Paris, Garnier Frères, 1828, p. 706)

En effet, à plusieurs reprises au fil de ses aventures, Chactas ne peut rester indifférent face à cette force inexplicable capable d'élever la condition humaine qu'est la foi chrétienne :

- il en fait mention à René en parlant du père Aubry (« Quiconque a vu, comme moi, le P. Aubry cheminant seul avec son bâton et son bréviaire dans le désert, a une véritable idée du voyageur chrétien sur la terre », p. 101) ;
- lorsqu'Atala résiste à son désir grâce à sa foi (« C'est de ce moment, ô René ! que j'ai conçu une merveilleuse idée de cette religion […] qui, opposant sa puissance au torrent des passions, suffit seule pour les vaincre, lorsque tout les favorise, et le secret des bois, et l'absence des hommes, et la fidélité des ombres », *ibid.*, p. 83) ;
- lorsque le père Aubry justifie avec simplicité et bonté le fait qu'il soit venu au secours des deux amants pendant l'orage (« Ces paroles saisirent mon cœur ; des larmes d'admiration et de tendresse tombèrent de mes yeux », *ibid.*, p. 100) ;
- ou lorsque le père Aubry ose entrer dans la grotte, contrairement à Chactas, rempli d'effroi (« Qu'il est faible celui que les passions dominent ! Qu'il est fort celui qui se repose en Dieu ! Il y avait plus de courage dans ce cœur religieux, flétri par soixante-seize années, que dans toute l'ardeur de ma jeunesse », *ibid.*).

Le père Aubry est le personnage à travers lequel Chateaubriand livre son éloge de la religion. Ce vieil ermite fait partie de ces « justes dont la conscience est si tranquille, qu'on ne peut approcher d'eux sans participer à la paix qui s'exhale, pour ainsi dire, de leur cœur et de leur discours » (*ibid.*, p. 101). Il semble avoir atteint un niveau de conscience supérieur, capable de voir dans la nature (qu'il se plait à contempler, y compris la nuit ou en plein hiver) l'œuvre de Dieu.

Comme Jésus-Christ, il fait le sacrifice de sa vie, en défendant les Indiens dans sa Mission. Celle-ci est d'ailleurs présentée comme un idéal, « le triomphe du Christianisme sur la vie sauvage » (*ibid.*, p. 107) : grâce à la religion, les Indiens se sont civilisés, « le repère de la bête féroce se changeait en une cabane » (*ibid.*). Loin des tribus assassines, on assiste à une vie en société où le droit individuel est reconnu : « Des arbitres établissaient les premières propriétés. » (*ibid.*) C'est un havre de paix, car les villageois sont joyeux, accueillants, travailleurs, généreux et charitables, partageant leurs récoltes avec les plus démunis.

Le père Aubry est pour tous un exemple : sa

dignité et son calme, même dans les pires souffrances, marquent les autres de son empreinte, leur ouvrant, de fait, d'autres perspectives et les menant en douceur vers la voie de la conversion.

Atala, fidèle à sa religion, peut aussi susciter l'admiration, ayant été capable de mettre un terme à ses jours et de renoncer à sa passion dévorante pour Chactas dans le but de ne pas trahir sa promesse (celle de maintenir sa virginité), faite à Dieu et à sa mère.

Cette décision est perçue par Chactas comme incompréhensible et vide de sens, et vient ternir momentanément la conception que celui-ci se faisait jusqu'alors de la religion : « La voilà donc cette religion que vous m'avez tant vantée ! [...] Périsse le Dieu qui contrarie la nature ! » (*ibid.*, p. 114) Mais cet emportement est aussitôt dénoncé par le père Aubry, lequel attribue cette tragédie à l'ignorance d'Atala et à sa méconnaissance de la religion chrétienne. Même si, dans le cas d'Atala, ce sont des intentions pures qui ont motivé sa décision, son ignorance est ouvertement condamnée dans le roman, de même que son acte suicidaire.

CONTEXTE
DE RÉCEPTION DE L'ŒUVRE

Le contexte historique de l'époque est celui de la Révolution de 1789. Réprouvant, ou du moins ne se sentant pas particulièrement concerné par ce que l'on pourrait désigner comme étant les premières agitations révolutionnaires, Chateaubriand part en voyage en Amérique durant un an (1791-1792), où il découvre notamment une république naissante qui influencera fortement sa conception du régime en vigueur à cette époque en France.

Lors de la parution de son ouvrage *Génie du christianisme* en 1802, Chateaubriand a reçu de nombreuses critiques qui lui reprochaient de vanter le culte et la religion chrétienne. Le titre choisi – « Génie du christianisme » – a, selon lui, participé de cette polémique selon laquelle il aurait défendu la religion en dépit de la Révolution :

> « En réfléchissant sur ce caprice du public, qui a fait attention à une chose de si peu de valeur, j'ai pensé que cela pouvait venir du titre de mon grand ouvrage : *Génie du christianisme*, etc. On s'est peut-être figuré qu'il s'agissait d'une affaire

de parti, et que je dirais dans ce livre beaucoup de mal à la révolution et aux philosophes. » (DE CHATEAUBRIAND F. R., *Atala – René*, Paris, Flammarion, coll. « GF », 1992, p. 38)

Si l'auteur justifie tout de même dans sa préface le fait qu'il n'évoque pas la Révolution dans son ouvrage, il ne semble pas vouloir camoufler sa foi et ce qu'il pense des bienfaits de cette dernière. Bien au contraire, il insiste sur le fait qu'il est en droit de dire ce qu'il pense de la chrétienté et du paganisme :

> «Il est sans doute permis à présent, sous un gouvernement qui ne proscrit aucune opinion paisible, de prendre la défense du christianisme, comme sujet de morale et de littérature. Il a été un temps où les adversaires de cette religion avaient seuls le droit de parler. Maintenant la lice est ouverte, et ceux qui pensent que le christianisme est poétique et moral peuvent le dire tout haut, comme les philosophes peuvent soutenir le contraire. » (*ibid.*)

Selon l'auteur, la liberté est incarnée par la religion chrétienne et non par la Révolution. La religion étant à cette époque malmenée au profit de la Révolution, Chateaubriand contribuera en quelque sorte à ce retour de la foi grâce à la publication de son roman *Atala*, qui connaitra un succès considérable et qui marquera le début de ce « vague des passions » et du mouvement romantique :

> « Si l'on considère [...] que l'approfondissement du sentiment de la nature, le renouvellement de l'imaginaire littéraire par l'histoire et par l'exotisme, le "vague des passions", et une écriture bousculant par moments les canons classiques sont les caractères distinctifs du romantisme, *Atala* dès 1801, le *Génie du christianisme* et *René*, en 1802 attestent l'existence d'un romantisme français dès le début du siècle. Chateaubriand se vantera plus tard, non sans raison, d'avoir "produit ou déterminé une révolution et commencé la nouvelle ère du siècle littéraire". » (JARRETY, M. (dir.), *Lexique des termes littéraires*, Le Livre de Poche, Librairie Générale Française, Paris, 2001, p. 384-385)

L'appartenance au romantisme n'est pas encore clairement assumée et revendiquée à l'aube du XIXe siècle. Si l'exacerbation du sentiment de la nature et la restauration du sentiment religieux dans l'œuvre de Chateaubriand sont les prémices du courant romantique, l'insertion d'évènements historiques – et le fait de mêler l'art à l'histoire – fait véritablement de l'auteur la figure de proue du mouvement romantique en France. À travers la fiction, l'auteur renoue avec le passé, instruit le lecteur et attise sa curiosité. Cette nouvelle vision de la littérature associant l'art d'écrire et l'art de décrire influencera bon nombre d'auteurs par la suite tels que Stendhal (écrivain français, 1783-1842), Lamartine et Victor Hugo (écrivain français, 1802-1885).

Ainsi, dans *Atala*, l'exotisme et la recherche d'un ailleurs, la description du sublime de la nature, le lyrisme exacerbé de Chactas, la peinture de faits historiques et la traduction du « mal du siècle » font de Chateaubriand le précurseur du romantisme. À travers la bienveillance du personnage du père Aubry et la sainteté du personnage d'Atala, l'auteur fait l'apologie de la religion chrétienne, mais dénonce également les ignorances qu'elle induit et les effets néfastes qui en découlent. Victor Hugo dira plus tard « Je veux être Chateaubriand ou rien », ce qui illustre de façon inéluctable la fascination des plus grands auteurs du XIXe siècle pour ce dernier.

PISTES DE RÉFLEXION

QUELQUES QUESTIONS POUR APPROFONDIR SA RÉFLEXION...

- En quoi René, le père Aubry, Chactas et Atala sont-ils des exemples de personnages marginaux vivant en dehors de la société ?
- Pourquoi la vie sociale des laboureurs de la Mission est-elle présentée comme supérieure à celle des chasseurs ?
- Quels sont d'après Chateaubriand les fondements de cette « culture naissante » ?
- Pourquoi Chateaubriand considère-t-il que le père Aubry est un simple chrétien qui rompt avec la tradition des prêtres habituellement présentés comme des scélérats fanatiques ou des prêtres philosophes ?
- Peut-on voir dans la description de la nature et dans celle du Mississippi en particulier, une représentation symbolique de la relation de Chactas et Atala ?
- L'auteur rejette l'image du bonheur idéalisé du siècle précédent à travers le père Aubry, lequel

définit le monde comme une vallée de larmes. Quels sont, pour cet homme désabusé, les maux de l'existence ?

- Chateaubriand était amateur de littérature classique, comme en témoigne la structure d'*Atala*. Le personnage d'Atala présente-t-il des similitudes avec celui d'Antigone ou encore de Phèdre ?

- Le roman de Jacques-Henri Bernardin de Saint-Pierre (écrivain français, 1737-1814), *Paul et Virginie* (1788), partage avec *Atala* un certain nombre de points communs. Expliquez en quoi ceux-là contribuent au caractère romantique des deux romans.

- Girodet (peintre français, 1767-1824) peint *Atala au tombeau* en 1808 et rend compte de la mort d'Atala. Établissez des parallèles entre l'œuvre romantique de Chateaubriand et la peinture de Girodet, puis commentez-les.

- Le film *Mission* (1986) de Roland Joffé (réalisateur franco-britannique, né en 1945) relate l'évangélisation et l'insurrection des Indiens d'Amérique du Sud. Quels points communs et quelles différences peut-on relever dans le traitement de cette thématique dans le film et *Atala* ?

Votre avis nous intéresse !
Laissez un commentaire sur le site de votre
librairie en ligne
et partagez vos coups de cœur sur les réseaux
sociaux !

POUR ALLER PLUS LOIN

ÉDITIONS DE RÉFÉRENCE

- DE CHATEAUBRIAND F. R., *Atala – René*, Paris, Flammarion, coll. « GF », 1992.
- DE CHATEAUBRIAND F. R., *Atala, René, Les Aventures du dernier Abencérage*, Paris, Flammarion, coll. « GF », 1996.

ÉTUDES DE RÉFÉRENCE

- DE CHATEAUBRIAND F. R., *Génie du christianisme*, Paris, Garnier Frères, 1828.
- JARRETY, M. (dir.), *Lexique des termes littéraires*, Le Livre de Poche, Libraire Générale Française, Paris, 2001.

SUR LEPETITLITTÉRAIRE.FR

- Commentaire sur les funérailles d'Atala dans *Atala* de Chateaubriand.
- Fiche de lecture sur *René* de Chateaubriand.
- Fiche de lecture sur *Mémoires d'outre-tombe* de Chateaubriand.
- Questionnaire de lecture sur *Atala* de Chateaubriand.

Retrouvez notre offre complète sur lePetitLittéraire.fr

- des fiches de lectures
- des commentaires littéraires
- des questionnaires de lecture
- des résumés

DUMAS
- Les Trois
  Mousquetaires

ÉNARD
- Parlez-leur
  de batailles,
  de rois et
  d'éléphants

FERRARI
- Le Sermon sur la
  chute de Rome

FLAUBERT
- Madame Bovary

FRANK
- Journal
  d'Anne Frank

FRED VARGAS
- Pars vite et
  reviens tard

GARY
- La Vie devant soi

GAUDÉ
- La Mort du
  roi Tsongor
- Le Soleil des
  Scorta

GAUTIER
- La Morte
  amoureuse
- Le Capitaine
  Fracasse

GAVALDA
- 35 kilos d'espoir

GIDE
- Les
  Faux-Monnayeurs

GIONO
- Le Grand
  Troupeau
- Le Hussard
  sur le toit

GIRAUDOUX
- La guerre de
  Troie
  n'aura pas lieu

GOLDING
- Sa Majesté des
  Mouches

GRIMBERT
- Un secret

HEMINGWAY
- Le Vieil Homme
  et la Mer

HESSEL
- Indignez-vous !

HOMÈRE
- L'Odyssée

HUGO
- Le Dernier Jour
  d'un condamné
- Les Misérables
- Notre-Dame
  de Paris

HUXLEY
- Le Meilleur
  des mondes

IONESCO
- Rhinocéros
- La Cantatrice
  chauve

JARY
- Ubu roi

JENNI
- L'Art français
  de la guerre

JOFFO
- Un sac de billes

KAFKA
- La Métamorphose

KEROUAC
- Sur la route

KESSEL
- Le Lion

LARSSON
- Millenium 1. Les
  hommes qui
  n'aimaient pas
  les femmes

LE CLÉZIO
- Mondo

LEVI
- Si c'est un
  homme

LEVY
- Et si c'était vrai…

MAALOUF
- Léon l'Africain

MALRAUX
- La Condition humaine

MARIVAUX
- La Double Inconstance
- Le Jeu de l'amour et du hasard

MARTINEZ
- Du domaine des murmures

MAUPASSANT
- Boule de suif
- Le Horla
- Une vie

MAURIAC
- Le Nœud de vipères

MAURIAC
- Le Sagouin

MÉRIMÉE
- Tamango
- Colomba

MERLE
- La mort est mon métier

MOLIÈRE
- Le Misanthrope
- L'Avare
- Le Bourgeois gentilhomme

MONTAIGNE
- Essais

MORPURGO
- Le Roi Arthur

MUSSET
- Lorenzaccio

MUSSO
- Que serais-je sans toi ?

NOTHOMB
- Stupeur et Tremblements

ORWELL
- La Ferme des animaux
- 1984

PAGNOL
- La Gloire de mon père

PANCOL
- Les Yeux jaunes des crocodiles

PASCAL
- Pensées

PENNAC
- Au bonheur des ogres

POE
- La Chute de la maison Usher

PROUST
- Du côté de chez Swann

QUENEAU
- Zazie dans le métro

QUIGNARD
- Tous les matins du monde

RABELAIS
- Gargantua

RACINE
- Andromaque
- Britannicus
- Phèdre

ROUSSEAU
- Confessions

ROSTAND
- Cyrano de Bergerac

ROWLING
- Harry Potter à l'école des sorciers

SAINT-EXUPÉRY
- Le Petit Prince
- Vol de nuit

SARTRE
- Huis clos
- La Nausée
- Les Mouches

SCHLINK
- Le Liseur

SCHMITT
- La Part de l'autre
- Oscar et la Dame rose

SEPULVEDA
- Le Vieux qui lisait des romans d'amour

SHAKESPEARE
- Roméo et Juliette

SIMENON
- Le Chien jaune

STEEMAN
- L'Assassin habite au 21

STEINBECK
- Des souris et des hommes

STENDHAL
- Le Rouge et le Noir

STEVENSON
- L'Île au trésor

SÜSKIND
- Le Parfum

TOLSTOÏ
- Anna Karénine

TOURNIER
- Vendredi ou la Vie sauvage

TOUSSAINT
- Fuir

UHLMAN
- L'Ami retrouvé

VERNE
- Le Tour du monde en 80 jours
- Vingt mille lieues sous les mers
- Voyage au centre de la terre

VIAN
- L'Écume des jours

VOLTAIRE
- Candide

WELLS
- La Guerre des mondes

YOURCENAR
- Mémoires d'Hadrien

ZOLA
- Au bonheur des dames
- L'Assommoir
- Germinal

ZWEIG
- Le Joueur d'échecs

www.lepetitlitteraire.fr

ISBN version numérique : 978-2-8062-1917-6
ISBN version papier : 978-2-8062-1054-8
Dépôt légal : D/2017/12603/903

Avec la collaboration de Margaux Ollivier pour les chapitres « Caractéristiques narratives » et « Contexte de réception de l'œuvre ».

Conception numérique : Primento, le partenaire numérique des éditeurs.

Ce titre a été réalisé avec le soutien de la Fédération Wallonie-Bruxelles, Service général des Lettres et du Livre.